en un martes trece...

versión de armando leñero otero

ilustraciones de ricardo peláez

LA OTRA ESCALERA

CASTILLO

eran trece
ladrones sentados

en trece grandes
picachos de piedra

fumando trece grandes pipas

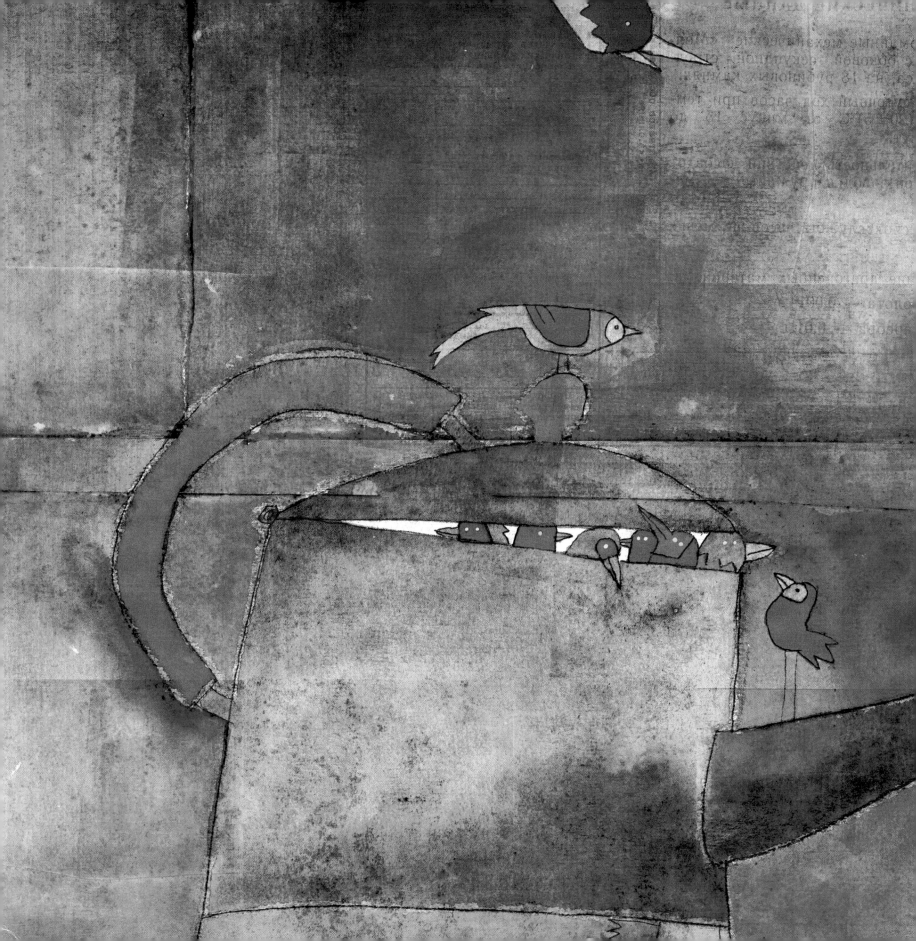

entonces

uno de ellos dijo...

pedro

cuéntanos un cuento...

entonces

pedro...

echando trece grandes
bocanadas de humo

dijo...

8768347-01

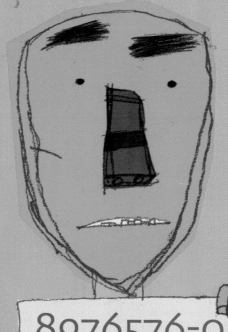

8976576-02

129532-03

eran trece ladrones

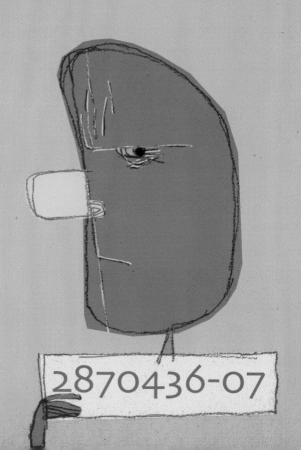

2870436-07

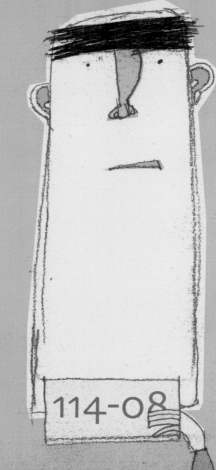

114-08

09

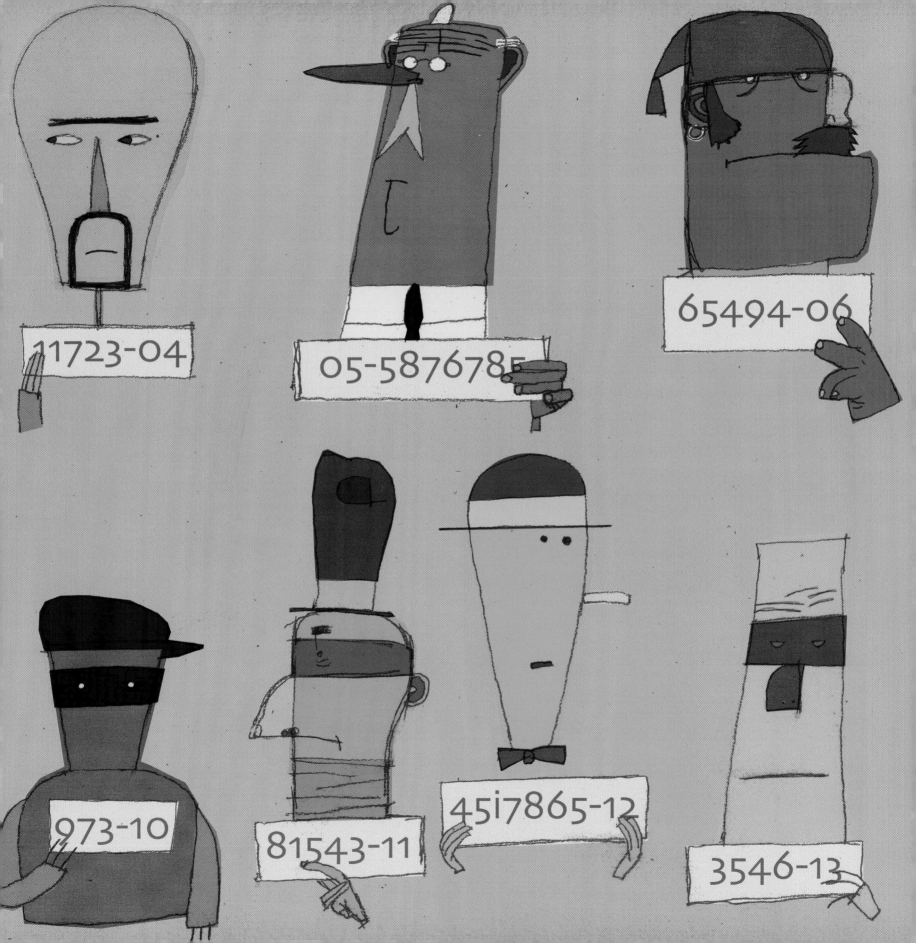

sentados
en trece grandes
picachos de piedra

fumando trece grandes pipas

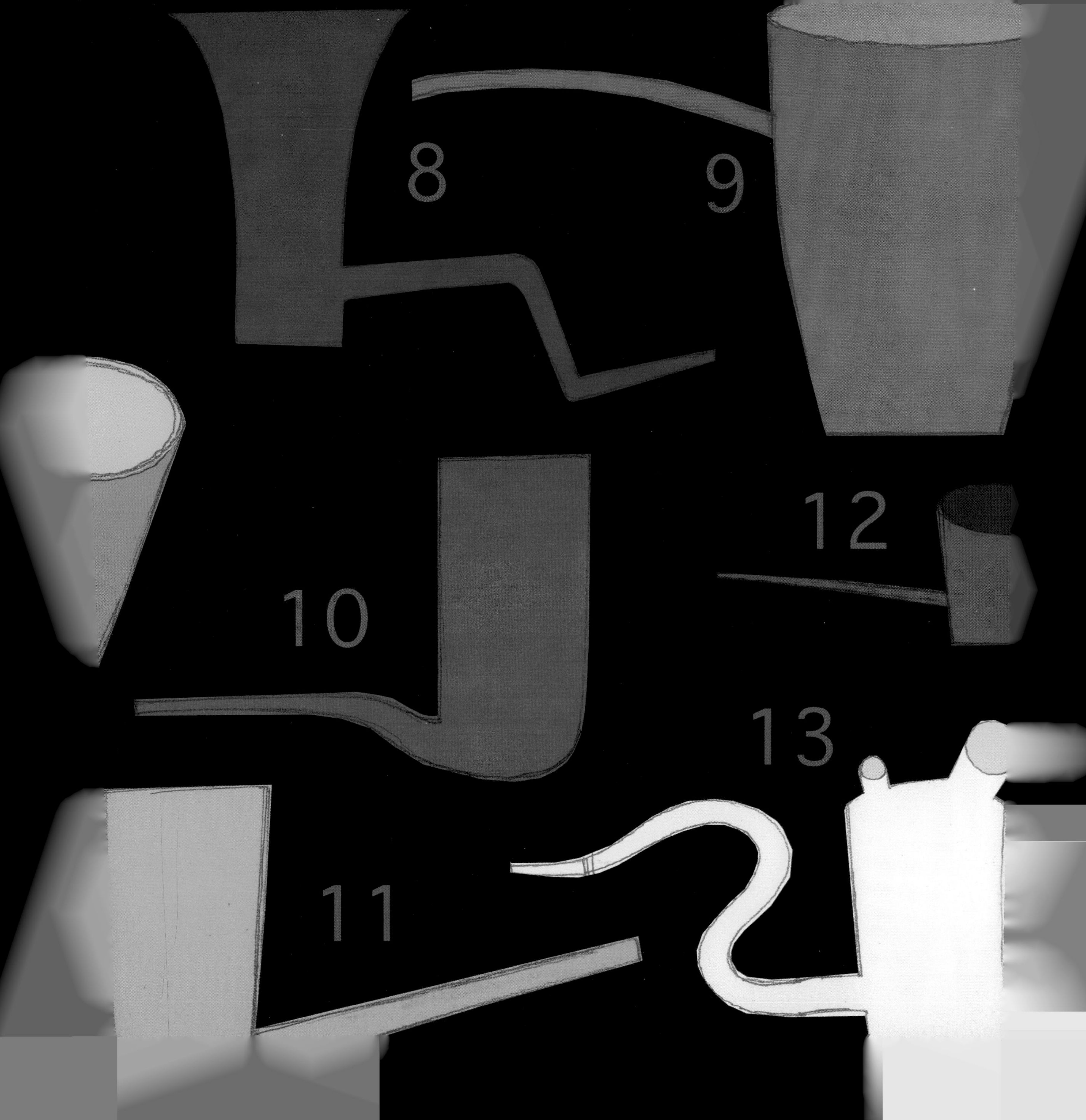
8
9
10
11
12
13

entonces

uno de ellos dijo...

pedro

cuéntanos un cuento...

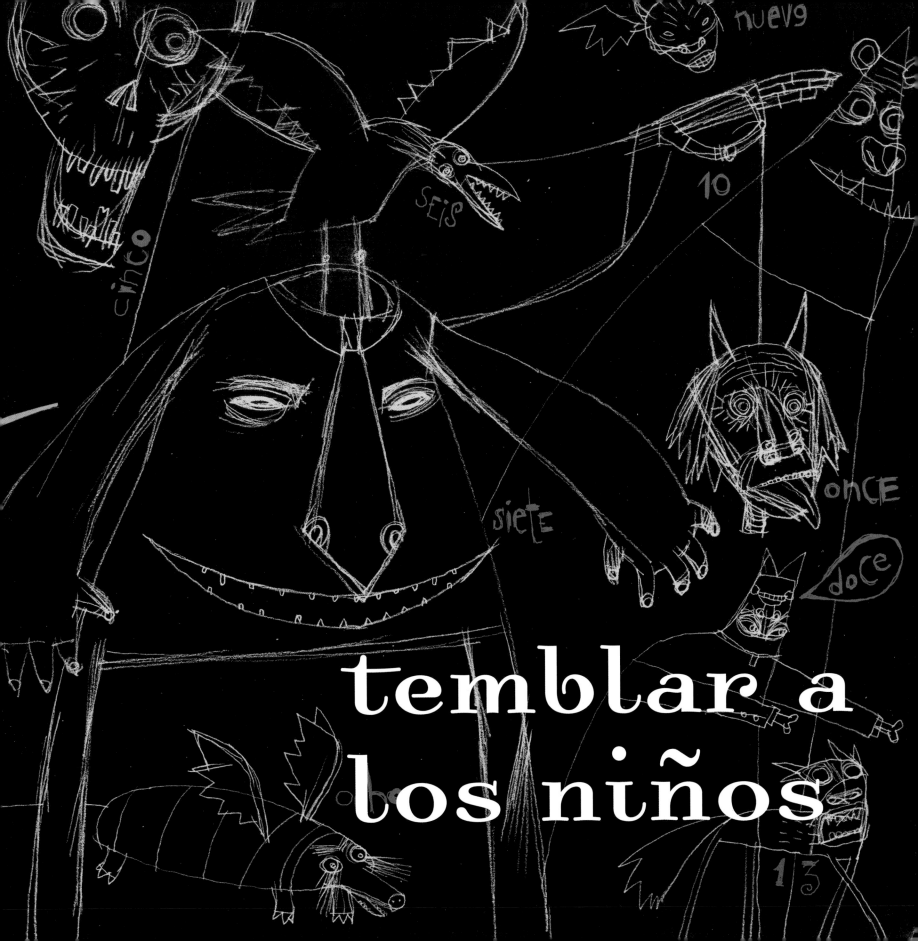

temblar a
los niños

entonces
pedro...

echando trece grandes
bocanadas de humo

dijo...

en un martes trece...